Pour Anna
MW

*Pour Sébastien, David
et Candlewick*
HO

Adaptation française
de Claude Lauriot Prévost

© 1999, *l'école des loisirs*, Paris,
pour l'édition en langue française.
© 1991, Martin Waddell pour le texte
© 1991, Helen Oxenbury pour les illustrations
Titre original : "Farmer Duck",
Walker Books Ltd, Londres, 1991.
Texte français de Claude Lauriot Prévost

Loi N° 49 956 du 16 juillet 1949,
sur les publications destinées à la jeunesse :
février 2003.
Dépôt légal : février 2003

Typographie de la version française : *Architexte*
Imprimé à Hong Kong par *South China Printing Co.*

LE CANARD FERMIER

Texte de Martin Waddell
illustrations de Helen Oxenbury

PASTEL
l'école des loisirs

Il était une fois un canard
qui avait la malchance
de vivre avec un fermier
terriblement paresseux...

Le canard faisait le travail.
Le fermier restait au lit
tout le jour.

Le canard allait chercher la vache au pré.
«Ça va, le travail?» criait le fermier.

Et le canard répondait:
«Coin-coin!»

Le canard ramenait le mouton de la colline.

«Ça va, le travail?» criait le fermier.

Et le canard répondait:
«Coin-coin!»

Le canard rentrait les poules au poulailler.
«Ça va, le travail?» criait le fermier.

Et le canard répondait:
«Coin-coin!»

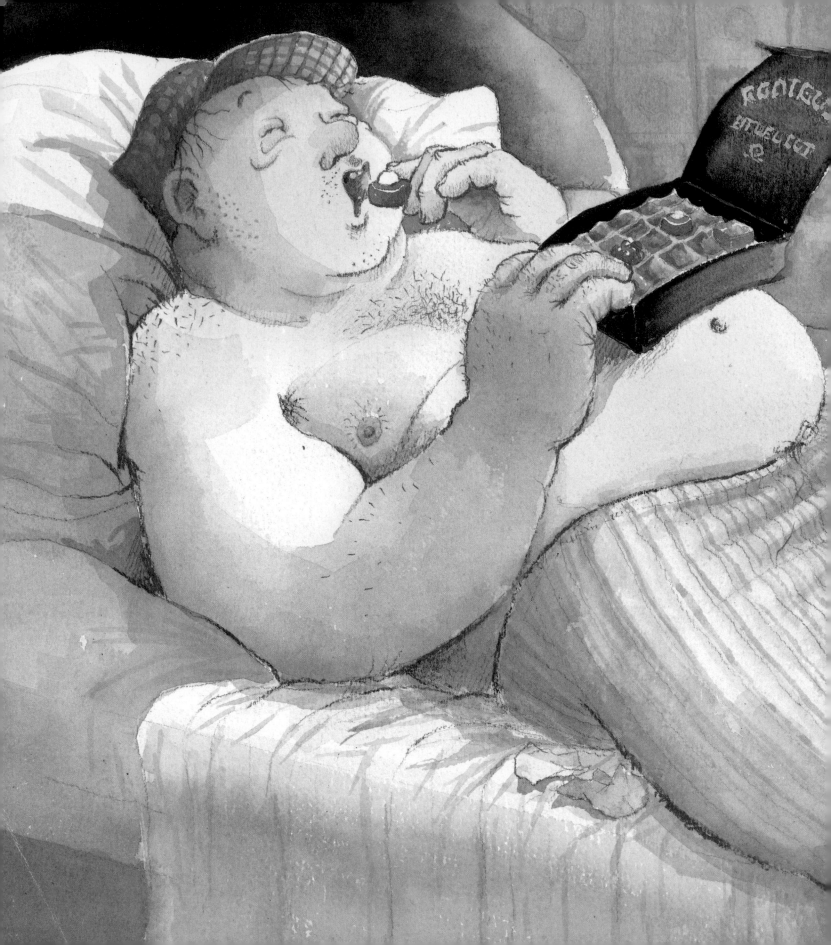

Le fermier grossissait dans son lit,
et le pauvre canard n'en pouvait plus
de tant travailler.

«Ça va, le travail ?»
«Coin-coin !»

«Ça va, le travail ?»
«Coin-coin !»

«Ça va, le travail ?»
«Coin-coin !»

«Ça va, le travail ?»
«Coin-coin !»

«Ça va, le travail?»
«Coin-coin!»

«Ça va, le travail?»
«Coin-coin!»

Le pauvre canard
était exténué,
triste et déprimé.

Les poules et la vache et les moutons
en étaient chavirés.

Ils aimaient bien le canard.

Alors ils tinrent conseil

au clair de lune et dressèrent

des plans pour le lendemain.

«Meuhhh!»

dit la vache.

«Bêêê!»

dirent les moutons.

«Cot-cot!»

dirent les poules.

Tel fut leur plan.

Juste avant le lever du soleil, la ferme était tranquille.
La vache et les moutons et les poules
pénétrèrent doucement dans la maison
par la porte de derrière.

Ils traversèrent
furtivement l'entrée.
Ils grimpèrent
sans bruit l'escalier.

Ils se glissèrent sous le lit
du fermier et se faufilèrent
un peu partout. Le lit se mit
à remuer, le fermier
se réveilla et cria:
«Ça va le travail?»

Et…

«Meuhhh!»
«Bêêê!»
«Cot-cot!»

Ils soulevèrent le lit
et le fermier se mit à crier.
Ils bousculèrent et houspillèrent
le vieux bonhomme
jusqu'à ce qu'il tombe par terre…

Il se sauva, suivi de la vache, des moutons et des poules

qui meuglait, bêlaient et gloussaient à qui mieux mieux.

Il descendit le chemin…
«Meuhhh !»

il traversa les champs…
«Bêêê !»

il franchit les collines…
«Cot-cot!»

…et il ne revint plus jamais.

Le canard se réveilla et alla
péniblement dans la cour
où il s'attendait à entendre:
«Ça va le travail?»

Mais personne ne cria!

Alors la vache et les moutons
et les poules s'en revinrent.
«Coin-coin?» demanda le canard.
«Meuhhh!» dit la vache.
«Bêêê!» dit le mouton.
«Cot-cot!» dirent les poules.

Ainsi fut racontée au canard
toute l'histoire.

Et tout en meuglant,
gloussant et cancanant
ils se mirent tous au travail
dans leur ferme.